QUATRE
MARSEILLAISES

PAR

ALPH. J. BLANCHET.

Honneur et Patrie!

PARIS

R. LEROUX, LIBRAIRE-ÉDITEUR,
RUE SERPENTE, Nº 14.

JUILLET 1831

QUATRE

MARSEILLAISES.

QUATRE
MARSEILLAISES

PAR

ALPH. J. BLANCHET.

Honneur et Patrie!

PARIS

R. LEROUX, LIBRAIRE-ÉDITEUR,
RUE SERPENTE, N° 14.

—

JUILLET 1831

PRÉFACE.

J'ai vu,
j'ai entendu.... et j'ai écrit
ces strophes.

A.-J. BLANCHET.

J'avais dit : Qu'importent des chants,

Quand partout la flamme dévore,

Et que du couchant à l'aurore

L'Europe se couvre de camps?

Au milieu des villes en poudre

Quand nos pères menaient la foudre,

Ils n'avaient d'autre que leur poudre,

Leur *Marseillaise* et leurs clairons.

Renouvelons leurs vieilles fêtes :

Marchons, entassons les conquêtes,

De cent lauriers chargeons nos têtes,

Et puis après nous chanterons !

Mais déjà parmi nous l'intrigue était venue,

La trahison marchait l'œil fier, la tête nue ;

Et lorsqu'au fort de Ham de royaux assassins,

Tranquilles, se gorgeaient de femmes et de vins,

Nos frères, noirs encor de la sanglante orgie,

Attendaient l'échafaud à Sainte-Pélagie...

Les rois rebâtissaient leurs projets délirans ;

Et les peuples qui, las de l'antique servage,

Comme un linceul de mort secouaient l'esclavage,

Tournés vers nous, tombaient dévorés par la rage...

Et la mitraille des tyrans.

Et la France pourtant, brandissant son tonnerre,

Brûlait de balayer tous ces rois vermisseaux :

Nos villes bouillonnaient de mille cris de guerre ;

Sur un canon le Coq aiguillonnait sa serre;

Nos fusils indignés se tordaient en faisceaux,

Et les coursiers battaient la terre.

C'est alors que mon cœur a tressailli d'un bond,

Et que, le glaive en main, ma verve échevelée

Sur nos grands cumulards d'opprobres s'est roulée,

D'un stigmate de feu leur sillonnant le front.

Et j'ai dit nos trois jours et toute cette gloire

Dont le peuple long-temps couvera la mémoire;

Sous les mille dédains de royaux Trestaillons,

J'ai dit ce peuple-roi qui se tait, mais qui veille,

Et qui — lorsqu'à grands frais de sueur et de veille,

De bassesse au dehors, de chaînes, de bâillons,

Et de fange surtout, et de réquisitoires,

Ils auront ébauché de pénibles victoires,

Et viendront sur leurs bancs se guinder glorieux —

Ira, lui, de son pied briser l'échafaudage,

Et de nouveau montrer aux tyrans de notre âge

Si le droit de régner vient du peuple ou des dieux.

J'ai dit nos vieux soldats qu'ILS craignent et maudissent,

Et j'ai crié ces mots si suaves au cœur,

Ces grands mots qui long-temps en France retentissent ;

La PATRIE et l'HONNEUR !

18 Juin.

PREMIÈRE MARSEILLAISE.

—

NOUS PROTESTONS!

—

NOUS PROTESTONS.

I.

Foudroyé par le ciel jaloux,
L'Aigle dormait sur un lointain rivage :
Par sa chute échappés de leur long esclavage,
Les rois tremblans encor défiaient son courroux.

Ils avaient assouvi déjà leurs vieilles haines,
Consommé l'attentat dès long-temps concerté,
Et leur marteau parjure avait rivé les chaînes
De ces infortunés accourus dans nos plaines
Pour conquérir la Liberté.

Puis, sur leurs trônes d'or posant leurs pieds d'argile,

Ils firent des bourreaux qu'ils appelèrent lois,

Jetèrent à leur porte une troupe servile,

Et, voyant tout autour la surface tranquille,

Dirent : « Enfin nous voilà rois ! »

II.

Mais il était encor des cœurs pour l'espérance :

Mais nos guerriers trahis, dévorant en silence

L'outrage prodigué sur leurs nobles couleurs,

Soumis et méprisant la brutale insolence,

Et sachant imposer à leur soif de vengeance

Leurs patriotiques douleurs...

Mais nous qui des beaux jours n'avions vu qu'une aurore,

Nous, dont la frêle enfance avait eu pour jouets

Des casques, des tambours, un drapeau tricolore,

Nous jeunes hommes, nous, nous tous enfin Français,

Nous n'y renoncions pas encore.

Et, si vers l'horizon nous portions nos regards,

Il nous semblait déjà voir du sein des brouillards

Jaillir sur notre France une vive lumière;

Et quand on le croyait sous la chaîne assoupi,

Monter et puis bondir le volcan populaire,

    Et la lave de sa colère

Balayer le despote à ses pieds accroupi.

III.

Ils nous ont lui ces jours d'éternelle mémoire :

Chacun de nos trois jours vaut un siècle de gloire!...

Mais quand le torrent gronde en son vol emporté,

Pour l'onde impétueuse il n'est plus de barrière.

Du vieux trône croulant dans sa honteuse ornière,

L'éclat a retenti par l'écho répété :

    Comme un brandon de liberté

L'éclair de nos canons a franchi la frontière...

Et les rois ont tremblé là-bas :

Jaloux de la nouvelle France,

Les peuples ont crié : « Vengeance !

O Liberté ! guide nos pas... »

Et le Germain, dans sa colère,

Menace de notre tonnerre

Tous ses petits princes tyrans ;

Et l'Angleterre nous admire,

A sa rivale elle ose dire :

« La Liberté fuyait, France, tu nous la rends ! »

Puis le Belge... le Belge écrase le Batave

Qui savoura quinze ans son sang et sa sueur.

Là-bas le Polonais a brisé son entrave :

Il irrite un géant, mais il est noble et brave,

Il espère : il a dit au Tartare en fureur :

« Mourir, plutôt mourir que de languir esclave ! »

Aux monts Helvétiens, sur un débris d'autel

Abandonné long-temps, s'abat en trait de flamme

La sainte Liberté qui revient et réclame

La flèche de Guillaume Tell.

Et l'Italie enfin a levé son front libre,

Ce front que l'étranger avait dit abattu,

Et du Vésuve au Pô la terre a répondu

Au retentissement du Tibre...

IV.

Et tous, pour assurer leurs courageux efforts,

Ils ont jeté vers nous un regard d'espérance,

Vers nous, nous leurs aînés de gloire et de puissance ;

Car tous ils nous savaient et généreux et forts.

Déjà sur la Pologne allait crever l'orage :

Les Moscovites fiers hurlaient en frémissant,

Et le tigre tartare invoquait le carnage...

Les Polonais ont vu leur courage impuissant,

Et vers le sol français ils se tournaient encore.

Leurs mains aussi pressaient un drapeau tricolore,

Drapeau de liberté, redoutable aux tyrans,

Puis ils nous ont parlé de leurs longs sacrifices,

Ils nous ont découvert les vieilles cicatrices

Qu'ils conquirent parmi nos rangs.

Et j'ai vu tressaillir leurs vieux compagnons d'arme,

Balbutiant les mots de PATRIE et d'HONNEUR,

Nommant Poniatowski, puis cachant une larme

Qui sillonnait leur joue et qui brisait leur cœur :

Puis de nouveaux guerriers abandonnant leur chaume,

Saisir la lourde lance ou le casque d'airain,

Et brandir leur armure, et tous comme un seul homme

Se tourner vers le Rhin.

V.

Sacrilége!!! et l'on veut emprisonner nos glaives,

Et l'on veut enchaîner nos bataillons vengeurs !

Polonais, sans rougir de tes nobles malheurs,

Tranquilles, nous verrons le joug que tu soulèves,

Retomber plus brûlant sous d'ignobles vainqueurs!...

Non mille fois! nous tous, contre l'ignominie

Et ses lâches fauteurs, nous tous, nous protestons!

Pour mieux trahir, ces vils flatteurs de tyrannie

Hier encore encensaient la liberté bannie;

Qu'un opprobre éternel stigmatise leurs fronts.

Nous protestons, nous tous! Non, ce n'est point la France

Que jamais on vit sourde au cri de liberté;

Qui refoula jamais un regard d'espérance,

Manqua pour le malheur d'or ou de loyauté.

Demandez à la Grèce où l'écho des montagnes

Répète encor : Fabvier! où le Klephte à l'œil noir

Presse encore un fusil français avec espoir;

Où la vierge redit encore à ses compagnes :

    « Pour la France prions ce soir; ».

Où, près de ces vieux forts où le flot brise et tremble,

Vous rencontrez, tombés hier aux mêmes rangs,
Un Grec, puis un Français qu'une tombe rassemble,
Côte à côte tous deux comme naguère ensemble
    Ils marchaient contre les tyrans.

Nous tous, nous protestons ! Non, ce n'est point la France
Qui redoute aujourd'hui les sabres étrangers....
Les peuples n'ont-ils pas fait leur sainte-alliance ?
Pour nous contre les rois ils sont dans la balance,
    Et nos dangers sont leurs dangers.

Là guerre !.. Oh ! ce n'est point nous qui craignons la guerr
On dit que hauts seigneurs, princes et potentats
Pensent de Waterloo réveiller le tonnerre :
Bien ! qu'ils osent encore essayer des combats,
Qu'ils viennent saintement redresser des couronnes ;
Mais la terre partout a tremblé sous leurs pas ;
Si la foudre bondit, de ses premiers éclats
    Elle ira briser tous leurs trônes.

L'Europe contre nous!.. Blasphême... ce n'est plus

Cette ligue en fureur par torrens déchaînée,

Cette barbare Europe au carnage entraînée

Par quelques rois honteux de leurs pouvoirs déchus.

C'est l'Europe grandie et levant ses mains fières,

Et rongeant son entrave, et grinçant de courroux :

C'est l'Europe brûlant de rendre à leurs poussières

Ces rois, et qui nous tend les bras comme à des frères

    Qui vont frapper les mêmes coups.

VI.

Et pourtant vains et fiers, vous demeurez tranquilles,

Vous qu'on dit gouverner, sur vos siéges tremblans,

Quand du peuple trahi s'ébranlent dans nos villes

    Les mille membres palpitans.

Ce peuple avait tout fait, et la faim le dévore;

Et son roi qu'il conquit avec la liberté,

Vous le cachez derrière un drapeau tricolore,

Vous le lui dérobez et vous parlez encore
De droits divins et puis de légitimité,
Quand de ce peuple hier les foules accourues
Géantes foudroyaient la vieille royauté
    Avec les pavés de leurs rues.

Vous avez comprimé tout essor généreux :
Vous rampez, vous flattez l'étranger; à vos yeux
Le peuple-roi n'est plus qu'une troupe rebelle.
La France qui vous crut un moment dignes d'elle,
Peut-être a regretté sa poudre de juillet,
Et vous voyant vous seuls jouir de sa victoire,
Peut-être elle voudrait arracher ce feuillet
    Au grand livre de son histoire.

Car de gazons le champ du Louvre s'est couvert,
Et la patrie en deuil flotte encore incertaine
Redemandant ses fils ; et la grande semaine...
Brillante elle apparaît encore, mais lointaine
    Comme une oasis au désert.

Vous avez craint l'appui de ce peuple de braves

Qui vint sous ses haillons mitrailler nos entraves,

Qui vous fit tous si grands.... Et de lâches flatteurs,

De l'autel et du trône éternels défenseurs,

Dorment à vos côtés en sauvant la patrie !

Dans leurs temples hier quand la foule en courroux

Sur leurs autels brisés exerçait sa furie,

    C'était peut-être contre vous.

Et pourtant vains et fiers, vous demeurez tranquilles

    Sur vos siéges tremblans,

Quand du peuple trahi s'ébranlent dans nos villes

    Les mille membres palpitans.

VII.

Sur l'abîme flottant des mers quand la tempête

    Vole et jette ses hurlemens;

Quand les flots courroucés entrechoquent leur crête

    Et se croisent en sifflemens,

J'ai vu parmi l'écume un vaisseau sans carène,

Par la lame pris et repris,

Comme un puissant athlète étendu dans l'arène,

Semer les flots de ses débris,

Et la vague s'asseoir dessus en souveraine :

J'ai vu cette vague brandir,

Puis comme une barrière étaler sur la plage

Une planche de ce naufrage....

Et la vague d'après la fouler.... et bondir

Libre et joyeuse sans rivage.

Février 1831.

DEUXIÈME MARSEILLAISE.

—

EN AVANT!

—

EN AVANT.

POUR JUILLET 1831.

I.

Le voilà vers le Rhin le tigre moscovite,

    Avec ses troupeaux de soldats :

Comme l'orage, à nous roule et se précipite

    Cette horde ivre de combats...

    En avant, en marche les hommes !

    Bondissez, tonnerres, allons !

    Vétérans, désertez vos chaumes,

    Nous, nous tous en avant ! volons !

En avant, mon coursier fidèle !

Volez, escadrons, en avant !

Sauvons la Liberté : pour elle,

Casques, sabres, flottez au vent.

II.

Voici la Prusse et là l'Autriche : dans la guerre,

Chiens avec chats se sont ligués ;

Là voyez s'ébranler les flottes d'Angleterre,

Traîtres aux vœux tant prodigués.

Mais qu'importe une troupe avide

D'esclaves fiers de mille excès ?

Frères, la Liberté nous guide,

Et nos bras sont des bras français.

Et avant, mon coursier fidèle !

Volez, escadrons, en avant !

Sauvons la Liberté : pour elle,

Casques, sabres, flottez au vent.

III.

Honte à vous qui, flattant ces hordes menaçantes,
  Veniez leur mendier la paix :
Les voyez-vous, les mains de sang encor fumantes,
  Bondir à de nouveaux forfaits ?
  A nous maintenant la vengeance,
  A nous la foudre et ses éclats :
  Vous avez su trahir la France,
  Pour elle à nous d'être soldats.

  En avant, mon coursier fidèle !
  Volez, escadrons, en avant !
  Sauvons la Liberté : pour elle,
  Casques, sabres, flottez au vent.

IV.

Quoi ! comme aux jours maudits des triomphes serviles,

Ils pensent profaner nos champs !

Ils pensent comme alors jusqu'au sein de nos villes,

Venir encore asseoir leurs camps !

Étrangers, notre peuple gronde

Comme le flot au flot heurté :

Tremblez, la France est pour le monde

Un arsenal de Liberté.

En avant, mon coursier fidèle !

Volez, escadrons, en avant !

Sauvons la Liberté : pour elle,

Casques, sabres, flottez au vent.

V.

Nains orgueilleux, pourquoi du sein de leurs entraves

Relever vos fronts insolens ?

N'avons-nous pas vingt fois sur tous ces fronts esclaves

Roulé nos éperons sanglans !

Les fendasses impériales,

Vos chaînes ont pu les couvrir;

Mais il nous reste encor des balles

Et des sabres pour les rouvrir.

En avant, mon coursier fidèle !

Volez, escadrons, en avant !

Sauvons la Liberté : pour elle,

Casques, sabres, flottez au vent.

VI.

Nous l'avons reconquis ce drapeau tricolore

    Qui vous foudroyait en passant;

Il flotte libre et fier, et dans ses plis encore

    Veillent des souvenirs de sang.

Sous les mitrailles étrangères,

Quand la vieille Garde expira,

L'Aigle en fuyant dit à nos pères :

« La Liberté les vengera. »

En avant, mon coursier fidèle !

Volez, escadrons, en avant !

Sauvons la Liberté : pour elle,

Casques, sabres, flottez au vent.

VII.

Et ce jour nous tardait... depuis qu'un cri de gloire

A couvert nos cris de douleurs,

Et que la Liberté vint avec la Victoire

Rebaptiser nos trois couleurs,

La longue oisiveté nous lasse,

Notre sang bouillonne emporté

Dès qu'une étoile file et passe

Tout rouge d'immortalité.

En avant, mon coursier fidèle !

Volez, escadrons, en avant !

Sauvons la Liberté : pour elle,

Casques, sabres, flottez au vent.

VIII.

C'est qu'enfans nous avons nourri nos jeunes ames
    De plomb, de guerres, de dangers,
De l'ivresse de battre, et de jeter aux flammes
    La dépouille des étrangers.
    C'est qu'il nous faut rendre à Bologne
    Tout le sang qui s'y prodigua,
    Puis pour retrouver la Pologne
    Fouiller aux cendres de Praga.

    En avant, mon coursier fidèle !
    Volez, escadrons, en avant !
    Sauvons la Liberté : pour elle,
    Casques, sabres, flottez au vent.

IX.

Ce n'est plus l'Empereur qui vient et nous entraîne,

Mais c'est l'amour de nos foyers :
Nous avons notre trône et non plus une chaîne
A recouvrir de nos lauriers.
Plus de conquérans en délire,
De despotes aux fiers dédains,
Voilà les gloires de l'Empire,
Voici les vieux Républicains.

En avant, mon coursier fidèle !
Volez, escadrons, en avant !
Sauvons la Liberté : pour elle,
Casques, sabres, flottez au vent.

X.

Et puis aussi nous tous, de la France nouvelle
Jeunes et valeureux enfans,
Espoir de la patrie, et qui portons pour elle
Un cœur et des bras de vingt ans ;
Jeunesse, Empire, République,

Noble trinité de guerriers !

Il n'est pas d'autre nom magique

Pour faire éclore des lauriers.

En avant, mon coursier fidèle !

Volez, escadrons, en avant !

Sauvons la Liberté : pour elle,

Casques, sabres, flottez au vent.

XI.

Bataillons, en avant, en avant, qu'on se presse !

Sur le front de nos étendards,

Comme un Aigle, voyez le Coq qui se redresse

Brandir et fulminer ses dards.

En avant ! l'hymne des batailles

Vole tonnante dans les rangs :

Clairons, sonnez les funérailles,

Honte aux traîtres, mort aux tyrans !

En avant, mon coursier fidèle !

Volez, escadrons, en avant !

Sauvons la Liberté : pour elle,

Casques, sabres, flottez au vent.

XII.

En avant, mon coursier ! vole, en avant ! courage !

Les balles sifflent par les airs :

Aux esclaves la peur ! vole, et dans le carnage

Fais scintiller tes quatre éclairs.

Peut-être domptant ma vaillance,

La Mort viendra roidir mon bras...

Va toujours, tomber pour la France,

C'est conquérir un beau trépas.

En avant, mon coursier fidèle !

Volez, escadrons, en avant !

Sauvons la Liberté : pour elle,

Casques, sabres, flottez au vent.

Mars 1831.

TROISIÈME MARSEILLAISE.

—

LE DIX MARS.

—

LE DIX MARS *.

I.

Sous les foudres du Nord quand un peuple s'écroule

Mitraillé pour la liberté,

Et que sur son cadavre un tigre-roi se roule

Ivre de légitimité;

* Ce jour fut un jour de consternation pour Paris et la France entière. Si la nouvelle qui causa ce deuil a été démentie, qu'importe à ces strophes crayonnées sous l'inspiration du moment? Elles n'en resteront pas moins la véritable expression des sentimens qui animèrent alors tout Français ami de l'humanité et de son pays.

Quand une voix de mort, râle brûlant, s'élance

A travers des bouillons de sang,

Vole à nous, tonne et gronde, et vient crier vengeance,

Vengeance sainte à l'aigle blanc ;

Et que la liberté plaintive nous rapporte

Des drapeaux par le plomb usés,

La planche d'un cercueil, une tête de morte,

Du sang et des sabres brisés....

II.

Quand les hymnes de deuil, résonnant par la ville,

Pleurent ces glorieux trépas,

Et que la foule accourt, s'interroge et défile

L'œil morne avec un crêpe au bras ;

Quand le peuple, celui de juillet, vole et crie :

« Horreur et mort à l'étranger,

» Nos frères, les voilà martyrs de la patrie,

» Nous n'avons plus qu'à les venger ! »

Et que le vieux guerrier, sur la place publique

Pendant que le peuple mugit,

Rêve à ce qu'aurait fait la vieille République,

Maudit les traîtres et rougit....

III.

Quand vers le Nord en feu la tempête ramasse

Mille éclats long-temps retenus,

Et que déjà son flanc entr'ouvert nous menace

De balles et de sabres nus;

Des tyrans quand partout les sbires s'amoncellent

Comme un flot d'Océans grondeurs,

Comme mille volcans qui claquent, étincellent

Et tonnent dans leurs profondeurs;

Et que l'Europe enfin se dresse flamboyante,

Et dans l'ivresse de lutter,

Comme un vaste géant, de sa main foudroyante

Fait mine de nous souffleter....

IV.

Sous les balcons d'un roi que l'on dit roi de France,

Aux yeux d'un peuple en deuil trahi par l'espérance,

A quoi riment ces chœurs * d'hommes à bonnets d'ours,

Afflublés de galons, de couleurs, de panaches,

Caressant les cinq poils de leurs maigres moustaches

Comme une femme au bal caresse ses atours ;

Et qui, pour couronner ces oisives parades,

Sur leurs buccins bâtards, comme aux joyeux concerts,

Du dernier opéra viennent siffler les airs

    Et tympaniser des aubades ?

V.

C'est l'hymne de Marseille avec ses cris vengeurs

---

* On sait que tout le mois de mars, les musiciens des divers régimens de cavalerie, en garnison à Paris, sont venus successivement chaque matin faire de la musique dans la cour intérieure du Palais-Royal.

Qu'il nous faut, et ces bonds et ces accords de flamme
Dont la fière harmonie éclate en traits vainqueurs,
Par flots de liberté ruisselle dans les cœurs,
  Monte et vous fait bouillonner l'ame.

C'est le tonnerre ailé des tambours, des clairons
Qu'il nous faut, et les voix tremblantes des cymbales :
C'est la poudre, les feux, le sifflement des balles,
Et les sabres flottans aux flancs nus des cavales,
  Et le roulis des éperons.

C'est le vol des coursiers, les chars et leurs poussières,
La voix des chefs semant la plaine de soldats,
Les bataillons pressés déployant leurs bannières,
Le tumulte des camps, tout l'orage des guerres
  Et les mille éclairs des combats.

Puis les houras rivaux, comme un chœur de furies
Qui pétillent par l'air secouant leurs brandons,

Puis le fracas des tours par les bombes meurtries,

Et puis encor les trains, et les artilleries,

Et la musique des canons !!!

Mars 1831.

QUATRIÈME MARSEILLAISE.

—

AU PEUPLE BELGE.

—

AU PEUPLE BELGE.

On veut te ceindre encor de fers?... Eh bien, la guerre !

La guerre à ce troupeau de fantòmes croulans ,

Avec ses plombs vengeurs et ses glaives la guerre !

C'est l'heure, lève-toi, lève tes bras sanglans;

    Peuple, ressaisis ton tonnerre !

Les lâches!... Entends-tu ces cris impérieux

Dont voudrait t'effrayer leur hautaine impuissance?

C'est le râle glacé de leur Sainte-Alliance :

Peuple, aux armes, là-bas! lève-toi furieux,

    Saisis la mort ou la vengeance.

Ton droit! assez long-temps ils te l'ont tiraillé....
Oh! que ne venaient-ils y poser leurs mains viles
Lorsque, ton sol purgé de légions serviles,
Triomphant tu foulais l'oppresseur mitraillé
    Aux rouges pavés de tes villes!

Oh! — lorsque, t'éveillant un jour de ton repos,
Tu brisais par tronçons la royale lisière,
Comme un reptile impur dont on sème la terre —
Oh! que ne venaient-ils renouer ses anneaux
    Encor brûlans de ta colère!

Venir?... Ils tremblaient tous au fond de leurs palais,
Sur leurs peuples déjà laissant flotter la laisse;
Et leurs yeux égarés leur ramenaient sans cesse
La Liberté volant à leurs trop longs forfaits
    Porter la hache vengeresse.

Fragiles soliveaux, leurs trônes ébranlés,
Comme un nid de vautours, vieux repaire du crime,

Que l'orage a brisé, se courbaient vers l'abîme ;
Et les loups par troupeaux en bas amoncelés
 Hurlaient à l'impure victime.

Eh bien ! ces morts d'hier, qui les a raffermis ?
Pourquoi les voir encor te rougir de leur trace ?
Pourquoi souffrirais-tu tous ces cris de menace ?...
Peuples, sachons-le bien, s'ils montrent tant d'audace,
 C'est qu'ils nous ont vus endormis.

Aux armes donc là-bas ! En avant, Belge, aux armes !
La Vierge aux trois couleurs a signalé ton camp :
Tes frères massacrés se dressent ; en avant !
Pour apaiser leur ombre il faut encor des larmes,
 Encor des larmes et du sang.

Amis, il faut qu'on sache à la fin si nous sommes,
Si nous serons toujours des troupeaux pour les grands,
Vile proie assignée à des chiens dévorans,

Brutes à museler de plomb, ou bien des hommes

    Os et chair comme nos tyrans.

Il faut qu'on sache enfin — puisque aujourd'hui sans crair

Sur notre Liberté se lèvent cent poignards —

Qu'on sache si demain nous entendrons sa plainte,

Ou si nous laisserons sa virginité sainte

    Se flétrir sous vingt rois paillards.

Puisqu'aux fronts de ces rois brille une rouge tache

Que vint leur imprimer notre sabre, et qu'enfin

Chaque pied de gazon, chaque pavé nous cache

Un frère assassiné, peuples, il faut qu'on sache

    Si tout cela s'est fait en vain.

Belge, ils l'ont dit les rois : comme un frêle nuage

Cette gloire a passé sur l'abîme des temps !...

Belge, à toi le premier de laver cet outrage,

A toi de leur montrer si du grand héritage

    Tu veux ennoblir tes enfans.

Aux armes donc! Volez au camp, sabres et foudre;

Mitraille de septembre, allons! réveille-toi;

Peuple, les rois ligués ne feront plus la loi,

Vole, brise et détruis, il leur faut de la poudre

    Pour te laisser libre chez toi.

Va, mille échos suivront le canon de Bruxelle :

On dit qu'en blocs de feu l'orage s'amoncelle,

Que tout notre Occident va bondir aux combats,

Et que l'éveil donné.... Belge, gloire à ton bras

    Si tu fais jaillir l'étincelle.

Pour nous, nous sommes là : les rois, nous les bravons,

Et si sur ton pays débordaient les tempêtes,

Il n'est plus d'Allemagne à franchir, et tout prêtes

A vous sauver, à nous venger tous, nous avons

    Cinq millions de baïonnettes.

FIN.